KB073625

메시지를 지운다

강석우 시집

책:봄

시인의 말 ···

　오래 전 내 얼굴에서 주름이 보일 때 문득 삶을 기록해야
겠다고 생각했습니다.

　살아가면서 슬펐을 때, 기뻤을 때, 고마웠을 때, 내가 변
화하고 있다고 생각되었을 때…

　그때마다 시의 형식을 빌려 블로그에 기록한 지 어느덧
10년이 지났습니다.

　글을 쓰면서 생각했습니다. 이 글이 추억을 공유하는 소
중한 이들에 대한 나의 작은 감사의 선물이 될 수 있지 않
을까, 언젠가 홀로 남을 나의 딸이 살아가면서 어느 순간
어둠에 머물 때 그녀의 앞길을 밝히는 작은 촛불이 될 수
있지 않을까, 생각하며 한걸음 한걸음 나아갔습니다. 인생
을 살다 보면 선한 의지에 힘입어 자기가 예상했던 이상의
결과를 이루기도 하듯이, 뜻하지 않았던 도움이 주어졌고,
그 힘이 이 책을 내보낼 용기를 주었습니다.

　돌이켜보면 참 고마운 분들이 많습니다. 부족한 제자들
을 위해 산을 걸으며 30년이 넘도록 보충 수업을 해주시는

최운식 교수님, 이복규 교수님, 등단의 길을 열어 주신 시처럼 사시는 임문혁 시인님, 낭만의 열기와 고독의 한기를 함께 나눈 친구들. 곁에서 꿋꿋하게 살면서 힘을 주는 누님네, 동생네, 블로그를 관리하고 영감을 주는 나의 딸과 그녀의 동반자, 그리고 항상 냉정한 평론가 나의 아내 따뜻하고 다정한 그늘.

가난한 오솔길, 흙내음이 포근하게 울려오는 이 길이 갈수록 정겹습니다.

서둘지 않고 두려워하지도 않고 때론 낙과도 세심하게 보듬으며 새벽별의 눈망울처럼 힘차게 걸어가겠습니다. 소중한 이들과 함께.

목 차

3. 무상(無常) : 화장장엄(華藏莊嚴)

6. 치유 : 상처에 피는 꽃

1

유년 :
슬픔의 뿌리

유년

그곳이 고향이라서 찾은 것은 아니다
거친 파도가 차올라 숨쉬기조차 힘들 때나
깊은 상처에서 흐르는 피가 다 쏟아질 때쯤
나도 모르게 발걸음이 향하는 곳이다
변하지 않는 것은 하늘 빛깔뿐인
아카시아 흩날리는 화사한 가로수길

청계천을 사이에 두고 양쪽으로 늘어선 둑길에
예전엔 많은 사람들이 기록되지 못한 채 살았다
판자로 엮은 벌집들은 큰 바람이 지나가면 날아다니고
홍수가 나면 물속에 잠겼다
그러면
사람들은 둑 위에서 부풀어 오르는 물줄기를 바라보며
밤새워 비를 맞았다
언젠가 불이 났을 땐 마을이 뭉텅 잘려 나가기도 하였다

잡초처럼 뽑혀진 그들의 터전엔 언제나
허기진 열기가 번득거렸다
하천 변에서 텃밭을 일구던 농부였던 인택이 아버지

우시장에서 정육을 해체하던 범재 아버지
검은 장화를 신고 다니던 그에게선 피 냄새가 나서
아이들이 무서워했다
이사 갈 거라고 딴 동네 사람처럼 말하던 미숙이 어머니
한물간 건달들과 그들 곁을 못 떠나는 가슴 큰 여인들
더러운 하천에서 죽은 물고기들과 물놀이를 하던 아이
들은
키를 훌쩍 넘는 풀숲을 떠돌고 풀숲에서 잠이 들면
해질 무렵 아이들을 부르는 어머니들의 구슬픈 함성
온 동네에 메아리쳤다

절망이 안개처럼 피어나던 아린 시절
내가 지금 그들을 만나고 싶은 것은 아니다
그 얼굴들을 기억하고 있는지 알고 싶을 뿐이다
눈이 흐려질수록
망각의 둑은 서서히 허물어진다
지나온 협곡과 언덕
수로에 떨어진 풀잎 꽃잎 단풍잎

긴 세월
아득한 거리를 떠나왔다고 생각했지만
나는 아직도 서러운 우화가 흩날리는
유년의 숲길을 헤매고 있다

추석

구름이 먼길 떠난 심해 빛 하늘
위태로운 까치집에 잔가지 도톰이 쌓이고
서늘한 달덩이에 그리운 얼굴들이 어른거릴 무렵이었다

장터에 찐 고구마 한 대야 이고 가신 어머니
고단한 발걸음으로 장을 보고 오시면
나는 설레는 마음으로 이것저것 뒤적거리다가
짙푸른 수심 담긴 큼직한 추석빔을 입으려 하고
어머닌 호통치며 추석날 준다고 장롱 깊숙이 감추셨다

감 밤 사과 빛깔로 내 마음도 아롱다롱 물들고
부침개 기름 냄새에 취해 졸고 있는 내게
어머닌 뒷산에 가서 솔잎을 따오라고 하셨다
꼭 키 작은 조선 솔잎을 따오라고 하셨다
마지못해 작은 배낭을 지고
산림감시원의 눈을 피해
깊은 산 가파른 봉우리에 매달린
솔잎을 따노라면

바위틈에 숨어 있던 도라지꽃
겁먹은 눈 껌벅이고
서산 노을은 붉은 미소를 짓는데

달빛 푸근히 내리는 밤에
송편 찌는 솥에서는 김이 솔 솔 솔
방안에 가득 번지는 향긋한 솔잎 내음
나는 불안과 설렘으로 뒤척거리며 꿈을 키웠다

설렁탕

겨우내 얼었던 가슴이 녹으면서
듬성듬성 틈새가 생길 때
허기를 메우러 찾는 국물
미끈거리는 뚝배기에 담긴
누군가를 위해 삶아진 공양
가슴이 비어 가는 아이가 있었다
편식이 심한 아이는 고기 냄새도 맡지 못했다
야위어 가는 아이를 지켜보던 아버지는
어렵게 곰국을 장만하여 아이에게 먹이곤 했다
비위가 약한 아이는 국물을 삼키지 못했고
토악질까지 하였다
슬픈 눈으로 바라보던 아버지는 한마디를 던졌다
곱상하게 생긴 애들도 음식은 걸지게 먹더구먼
꽉 움켜쥔 숟가락
목으로 차오르는 회한
비릿한 국물은 온몸으로 스며들고
눈가에 번지는 아픈 기억
이래저래 부모님 속만 썩인 아이가 있었다

눈

창밖에
함박눈이 내린다
탐스런 보드라움에
감춰진 소멸 품고
적막한 넉넉함으로
온 대지를 감싼다

창밖에
함박눈이 내린다
눈 덮인 대지는 동산이다
내 향이 최고라는 향나무도
산비둘기 알을 품던 참나무도
큰 잎 자랑하는 오동나무도
한 이불 덮고 포근히 잠든다
다 같이 하얀 꿈을 꾼다

하늘이 내린 천(川)이 있는
산골 마을

그리운 사람에게
수줍은 엽서를 보내고
눈이 오는 강변을 바라보던
소녀의 작은 가슴에도
함박눈이 내렸다
흔들리던 눈빛은 너울너울
눈송이 타고 어디로 갔을까

창밖에
함박눈이 내린다
쌓인 눈이 대지를 적시며
생명을 깨운다
이별의 아픔은 크지만
어둠을 밝히는 순백의 꿈은
출렁출렁 강물 되어 흐른다

슬픔의 뿌리

2월 어느 날이었지
달동네 빈집을 들락이는 겨울바람조차
정겹게 휘감기던 날
애상(愛想)의 문을 열고 다가온 숨결
심장을 녹일 듯이
온몸의 불꽃이 일렁일 때
달뜬 가슴을 흠뻑 적시던 감미로운 달빛
그때 슬픔의 싹이 돋아났던 거지

아픔을 간직한 채
수없이 보낸 봄비와 갈바람
2월 어느 추운 날
먼발치에서 돌아보았네
이별에 맺힌 이슬에 기대어
잎새 울창한 시절을 걸어왔음을
한 줌씩 낙엽을 뿌리며
차가운 빗줄기를 견뎌 왔음을
눈물의 잿더미에서 뿌리가 자라

가지마다 꽃이 피고
그 서늘한 향기가 내 가슴에
언제나 머물고 있었음을
먼발치에서 돌아보았네

슬픈 만남

다정하게 어깨동무하고 걷기엔

길이 너무 좁았습니다

애월리 겨울 바다를 맴돌던 웃음소리

하얀 입김처럼 흩어졌습니다

가슴에 달그림자 남기고 떠난 당신은

라일락 꽃밭에서 노닐었지요

나는 눈물에 갇힌 망초

설움이 방울방울 핏빛이 되어

가을 잎새로 물들었지요

당신도 때론 작은 추억 한 켠이 아파왔나요

고운 풍경이 고요히 멈춰 가던 날

당신의 빛바랜 목소리가 흔들거리며

다시 찾아왔을 때 한 줌 등걸불의

마지막 숨결이 떠났습니다

누군가를 만나고 낙엽 질 때 찾아온 당신

지친 폐허 속을 걷는 이는 누구인가요

창밖에는 함박눈이 내립니다

눈물의 무게에 부러진 마른 가지 위로

잔인한 침묵이 수북수북 쌓여 갑니다

첫 차

꿈길을 흠뻑 적시는 슬픔은 오랜 벗이다
호랑이가 움직이는 시간
날카로운 자명종 소리에
푸근한 결말을 남겨 둔 꿈은 깨지고
어둠을 밀어내며
또 하루를 오른다
설풍에 얼룩진 외투를 걸치고
밤새 신음하다 가까스로 잠든 길을
조심스레 걷는다
습기를 빼앗긴 대기는
허기진 청량함으로 펄럭이고
잔별들은 남은 빛을
두툼한 어깨 위에 내리고 있다

새벽을 가르고 다가온 첫차엔
어디에선가 본 듯한 얼굴들이
바위처럼 앉아 체온을 지키고 있다
잠겨진 두 눈 위로

잔몽이 이어지는 듯
차 안은 고요한 밤이다
차창 밖으론 불빛이 하나 둘 켜지고
하루를 여는 서터 소리
탄탄한 하늘을 향해 소리 지른다
첫차를 타는 사람들은 죄가 많은 사람들이다
첫차를 타는 사람들은 정이 많은 사람들이다
칼산 봉우리 넘을 때마다
절망에서 솟아나던 눈물
얼어붙은 유리창을 스치는 푸른 가로등
겨울 절벽은 차갑고 가파르지만
하늘에 안긴 새벽별의 눈망울은
따뜻하게 반짝이고 있다

무게

아침에 출근하려고 양복을 입었다
오늘따라 그 무게가 육중하게 느껴졌다
전에도 이놈이 누르고 있어서
항상 어깨가 쑤시는구나 했는데
오늘 하루도 이것을 짊어지고 하루 종일
움직여야 한다고 생각하니 끔찍하였다

언제부터 내 옷이 무거워진 것일까
지갑이 뚱뚱해졌나
열쇠가 많아졌나
아니면 신용카드 영수증이 늘어났나

영등포 산기슭 잿빛 공장
쇳가루 흙먼지 속에서 일하시던
아버지의 검붉은 가죽점퍼
십수 년을 보았던 아버지의 양복도
무척이나 무거워 보였었다

산다는 것이 결국 무게를 늘리는 일인가
뼈에 구멍이 뚫리고
근육이 쪼그라들어도
걸치는 무게는 늘어만 간다
계산기 두드리며 언제 내 집으로 이사 갈까
고민하는 아내의 자신감이
신림역 가파른 계단
도라지 까는 할머니의 추운 졸음이
무게를 못 이겨 쓰러진 선배의 추락이
나를 더 무겁게 한다

이제 무게를 줄여야지
늙으면 아이처럼 몸이 줄어들잖아
그러면 옷도 깃털처럼 가벼워야 하고
생각도 비워야지
그동안 채웠던 것을 비우려면
속도를 좀 내야 할 거야

가족

무거운 귀갓길
허기에 지친 위장이 아파 와도
아이들의 초롱한 눈망울
가슴에 가득 담고
이슬 맞으며 둑길을 걷던
아버지의 두툼한 발걸음

하늘 내려앉던 겨울날
굳건한 하굣길 약속을
눈꽃바람에 날려 버리고
저물녘 찾아간 평화시장
그때까지 발 동동 구르시던
어머니의 추운 기다림

밤길을 간다
뒷좌석의 아이들은
구름 안을 맴도는 달빛에 젖어
어느덧 꿈결에 들고

두런두런 지난 이야기를 하며
내 곁에서 단잠을 밀어내는 아내
이 길을 가며 온밤을 새워도
맑은 하늘 별빛이 있어
두렵지 않고
어느 순간 여행길이 끊기더라도
추억과 재회가 있어
절망하지 않을 것 같은
따스한 동행

아내

창백한 달빛이 유리창에 떨어지는 밤
산비탈을 오르다 미끄러지며 잠이 깬다
영혼의 어두운 밤길을 걷는가
지친 수레처럼 덜컥이는 숨결
아내가 새우처럼 웅크리고 잔다
가지 가득 꽃송이였던 아내의 모습
토끼만 한 심장으로
사슴 같은 눈망울로
고통의 여울 견뎌 왔을 여로
분노와 슬픔이 목에 잠긴다
망혼이 펄럭이는 눈보라 길
손 꼭 잡고 놓지 않으리
비에 젖은 꽃잎 마를 때까지
눈길을 외면하지 않으리
어둠을 뚫고 사락사락 다가오는
가로수 발자국 소리
잠이 깬 아내가 몇 시냐고 묻는다

입맛

돌 틈 깊숙이 박힌 눈마저 녹던
어느 이른 봄날
간밤 꿈길 어지러워
큰맘 먹고 고향집에 갔다

어쩐 일이냐고 말소리를 높여도
어머니 주름진 얼굴엔 화색이 돈다

나가서 먹자 해도 손수 차려 오신 밥상
쑥국이 짜다
콩나물도 짜다
모처럼 준비하신 낙지무침도 짜다

어머니 왜 이리 짜게 먹어요
뭐가 짜냐며 이것저것 맛보는
숟가락 젓가락
두터운 안경 속 흐린 눈빛

평생을 혹사한 오감 이제 다 닳아
무뎌진 입맛으로 소금국을 드셨구나

며칠만이라도 우리집으로 가자는 말
한사코 거절하시며 흔드는 손짓
하얀 나비 한 마리
침울한 저녁 속으로 잠겨 든다

어머니 기일(忌日)

어서 오세요 어머니
저승생활은 할 만하신가요
아직 시간이 좀 이르지요
그래도 동짓달 밤이 제법 깊어요
백년향불 꽃향기가 너울너울 연락을 했나요
행여 길을 잃을까 호두나무 촛대에
불도 밝혀 놨습니다

첫잔은 제가 올리지요
일찌감치 세상의 무게에 눌려서
사람이 차가웠죠
참회하며 살고 있어요
둘째 잔은 동생이 올리네요
어머니 마음 제가 잘 알아요
걱정 마시고 편안히 계세요
며느리들 잔도 받아야죠
어머니 눈엔 부족하지만
그래도 제사 잘 챙기고 있어요

요즘 그런 며느리 흔치 않아요
고등학생 손녀는 학원에서 안 왔네요
애들이 할머니 보고 싶대요
제사가 끝나면 누나네도 올 거예요
교회에 다녀 제사는 피하고 싶대서
편한 대로 하라고 그랬지요
그래도 어머니 생각하는 마음은
제일 애틋한 거 잘 아시죠
식사하시고 나면 물기를 올릴게요
남은 밥은 물 말아 드시고
과일도 많이 드시고

이제 가실 때가 되셨나요
가실 때 허기지지 않게 요깃거리 좀 챙겨 가세요
명계(冥界)도 살 만하다는 사람들 나는 믿어요
외롭더라도 오라고 할 때만 오세요
안녕히 가시고 내년 여름 아버지 기일에
다시 뵐게요
숯덩이 같은 밤하늘에 별들이 출렁이네요

성묘

어젯밤 꿈속
애잔한 만남
언제나 다가가진 못하고
푸르름이 지쳐 가는 길
기억이 낡아 가는 길
동생네는 먼저 와서
억센 잡풀들과 시름하고
늦게 도착한 나는
국화 심고 물 주고
왜 잔디가 안 사는지 시름하고
팔 힘은 약해지는데
흙의 감촉은 나날이 보드라워라
서글픈 어리석음에
응답 없는 술잔
아쉬움과 아픔이 가득찬 재배
철부지 아이들은 철저하게 모른다
그래서 그들을 바라보면
눈시울이 붉어진다

그리움과 서원으로 곱게 단장한 봉분
풍성한 가을 햇살
반짝이는 풀잎이 철부지 나비들을 부른다

유년 2

한양대역을 지난다
차창에 어리는
청계천 물결 살곶이 다리
나는 더이상 유년의 숲길을 걷지 않는다
신비한 아픔
서글픈 외로움이 머물던 곳
소들의 울음소리
어린 들풀의 흔들림
다정한 가난이 봄비처럼 내리던 곳
언제부턴가
시간의 다리들이 무너지기 시작했다
쓸쓸한 바람이 지나간 폐허
감춰 둔 어둠이 불쑥불쑥 고개를 내민다
그 곁엔
사슬에 묶인 위태로운 촛불
혀를 깨문 듯한 회한이 온다
함성은 사라지고
숲은 시들고

파도가 거품이 되는
이 몽상 끝나는 날
어디선가 다가올 마지막 기억
밧줄처럼 다가올 마지막 음성

2

풍경 :
사라져 버린 익숙한 것들

1월에

잿빛 하늘을 덮은
자욱한 안개를 뚫고
우르르 우르르 쏟아지는 눈송이

오름길을 지우며 쌓이는
착한 발걸음에
산새는 허기를 잊고
계곡의 가슴은 넉넉해진다

눈밭에 넉장거리하는
억새들의 흥겨운 몸짓
그 곁에 삼나무
언제나 푸른 눈 껌벅이며
웃음짓고 있다

무심하게 무량하게 쌓이는 눈송이
빈 들을 적시는 보적불

네 짧은 여정 다하는 날
세상이 조금 따뜻해진 날
나 기억하리
너의 가없는 행원을

2월에

아직은 차가운 바람
겨울은 머물고 싶은가 보다

그러나
해동은 피할 수 없는 일
대지를 움켜쥐던 한기는
어느덧 힘을 잃고
눈이 녹는 버들계곡엔
청신한 명주 소리

묵묵히 서서
산도 나무도 바위도
물소리 머금으며
초록 물결 번지는 꿈길을 걷는다

청복교를 건너는 친구들
연분홍 싸리꽃 청몽은 사라지고

서리꽃 얼룩 맺힌 얼굴들

가끔은 뒤돌아보았어야 했다
새소리 울려오는 솔향 그늘에선
잠시 머물다 갔어야만 했다

백운대를 지나온 햇살이
지친 어깨 위에 내린다
높고 낮음은 없는 것
다만 한마음이 있을 뿐*
다가갈 수 없는
한마음만 있을 뿐
무상의 아픔이 허공에서 부서진다
풍경을 꿰뚫는 차가운 바람이
마른 눈동자를 스친다

*대행선사 법어에서 인용

3월에

간밤 창문을 흔들며
울부짖던 바람이
흔적도 없이 떠나갔습니다

여음 속에 눈을 뜨니
비구름에 갇혀 있던 한라산이
푸른 하늘에 소복이 담겨 있습니다

연무 번지던 풍경을 말갛게 걷고
잔설이 묻어 있는 바람길을
빈 마음으로 바라봅니다

애별의 아픔이었다 말하고 싶진 않습니다
억겁 인연의 깊은 고리를
우리가 어찌 알 수 있겠습니까
만남과 이별은
시간의 굴레를 맴도는 그림자일 뿐

어느 날 바람이 불어왔고
눈부신 무지개 햇살이
온 세상을 포근히 밝힐 때
가장 아름답게 피어난 홍매화
송이송이 별처럼 반짝이던
그 향기 영원히
가슴 속에서 울려올 것입니다

4월에

후박나무 황록색 꽃망울이
가지마다 흠뻑 맺혔습니다
그 옆에 산벚나무
분홍꽃잎 날리며
부러운 눈망울로 바라보고 있네요
겨우내 혹한을 견디고 성근 동백꽃이
왜 화려한 봄날에 붉게 지는지
아시나요
동백꽃 벚꽃 흩어진 머위밭에서
직상하는 산비둘기
자귀나무 둥근 가지 위에
요염하게 앉아있는 각시를
그윽하게 바라봅니다
바라보다 비비대다
깊게 입맞춤을 나눕니다
날카로운 부리를 입에 깊숙이 넣고
밭에서 물고 온 먹거리를
넣어 주는 실용적인 사랑

입맞춤은 이렇게 시작되었나 봅니다
나를 힐긋 바라보다
푸른 바람 층층이 쌓인
청대 숲속으로 떠나갑니다
다정하게 황급하게

5월에

솔숲 우거진 광이오름
서우봉을 건너온 햇살이
앉아 있던 벤치에
맑은 풀잎 같은 남자와
어린 꽃잎 같은 여자가
다가와 앉는다
바람에게 솔씨 다 내주고
숭숭 열린 몸으로 버려진
솔방울도 곁에 앉아 있다
들꽃 미소에 취한 여자가
신명나게 춘망을 던지다가
큼직한 솔방울을
발등으로 힘차게 찬다
자기 얼굴에 명중한 솔방울
순간 황근잎에 숨는 솔방울
마른 솔비늘에 찔린 여자는
얼굴을 감싸고 울다가

둘이서 깔깔대며 웃다가
초록 파도 물결 타는 종달새
갈매나무 꽃 초롱 출렁대는
부산한 오월의 오후

6월에

거지 도둑 대문이 없었다는
제주 삼무공원
협죽도 선분홍 꽃잎이
유현의 길목을 태우고 있다
불길을 넘나들며
무심히 꽃잎을 먹는 새들
협죽도 꽃잎은 독이 깊다는데
생사의 길이 다르구나
오름의 허리엔
증기를 뿜으며 달리던 오래된 기차
돌담의 발끝엔
바다를 그리는 해송의 가없는 고갯짓
종일 햇볕과 씨름하던 중노인들은
솔밭에 앉아 잠이 들고
날개를 접은 솔바람이
어깨 위에 솔그늘을 소복이 쌓는다
투명한 햇살비가 쏟아지는 유월의 공원

포실히 영근 하귤의
금빛 얼굴이 자비롭다

7월에

추사의 세한도를 이루었다는
대정의 바람
그 바람길에 오늘은
치자꽃이 함뿍 피었다
청초하고 단아한
연초록 잎새 사이로
백옥처럼 곱고
겹겹이 창백한 꽃잎
새벽달 같은 모습이다
형설의 순결 간직하고
애태우는 자태인가
하얀 불꽃이 차오르는
서릿빛 얼굴은
칠월의 태양도 외면한다
어이하랴

그리움이 깊으면
아픔도 깊은 것을
떠난 님의 숨결 품고
홀로 불타오르는
치자꽃 사랑
너의 한 서린 향기가
모슬포에 울린다
구름 되어 모슬포를 적신다

8월에

연화정 돌담가에서
소담히 자라는 방울토마토
보슬비 머금은 바람을 마시고
무당벌레 너울대는 돌담에 기대어
방울토마토가 송송이 열려 있다
포름한 향기 피우는
잎새 그늘 촘촘히
노란 꽃이 피고 지고
꽃 진 자리에
연두색 열매를 담고
태양의 열기로 붉게 익히는
너의 비심은 무량하리라
뒷길 언덕에 모여 사는
봉숭아 백일홍 달맞이 꽃잎에
자광이 소복이 내린다
같은 하늘 같은 땅에서
주렁주렁 열매 맺고
알록달록 꽃피우며

참참한 밤을 지새는 모습이 정겹다
잘 익은 방울토마토 한 알을
입안에 넣는다
자성 가득 번져 오는 혜향
잘 익은 팔월의 태양이 눈부시다

9월에

태풍이 지나간 한라산
하얀 구름이 옥수에 담겨 있는
아득한 산길을 오른다
날카로운 폭염을 가려 주는 다정한 그늘
푸른 이슬 고인 잎새에
푸근히 젖어 드는 발길
청아하게 다가오는 산새 소리 따라
추억이 정갈히 놓인 다리를 건넌다
폭풍이 지나간 계곡에 쓰러진
정령들과 인사를 나누고
생기를 찾은 풀꽃을 안으며
언덕을 오르자
바위 틈새로 솟아오르는 통통한 샘물
반갑게 목을 축이고 온몸을 적신다
정상으로 가는 길은
경계가 지워지는 길
엷어지던 푸른 그늘도 사라졌다

한줄기 소나기
한 줌 맑아진 눈동자
구름 속을 흐르는 반야선이
순간 선명해진다

10월에

산굼부리 억새꽃이 제철이다
산허리도 등줄기도
온통 억새꽃이다
진초록 구상 동백도
고운 옷 갈아 입은 빗살도
오늘은 고개 숙인다
빈 가슴이 물들어 가는
굼부리 언덕 위에서
백록담을 그리는
한록의 지친 눈망울도
억새 물결에 머물러 있다

엷은 미소가 출렁이는
억새밭을 거닐면서
억새처럼 살겠다는 생각을 한다
빛깔도 향기도 버리고
온몸의 열기 다 쏟아 내어
산새조차 떠났지만

바람과 햇살과 찬 서리를 벗하고
허공을 향해 걸어가는 억새
휘청이면서도 반짝이는
너의 발걸음을 따라
석양 길을 가고 싶다

11월에

비 내리는 사려니 숲길을 오른다
아득한 옛날 선인이 길을 열고
선인이 되고 싶던 사람들이
화전을 일구며 숯을 구우며 걸어온 길
그들 곁에서 조랑말 오소리도
푸른 목각들과 함께 걷던 길

숲을 적시는 안개 온몸에 감싸며
붉은 송이길을 걷는다
비에 젖어 떨고 있는 단풍나무가 쓸쓸하다
맑은 햇살 반짝이던 화려한 잎새도
부푼 바람에 담겼던 살진 가지도
홍건히 비에 젖어 후득후득 떨고 있다

빗물이 흐르는 천미천에서
물이 차오르는 계곡을 바라본다
안개가 우거진 용암바위 사이로
잠시 비껴가는 갈잎 바람

순간 힐긋 보이는 바위 나무 출렁이는 풀꽃
광활한 무애의 바다를 건너가고 있다

먹구름 사이로 쏟아지는 햇빛같이
물길 일구며 영원처럼 흐르는 강물같이
돌이켜보면 내가 길을 몰랐던 적은 없었다
포근한 그늘에 숨어 태양을 외면했을 뿐
얼룩진 구름에 갇혀 계곡과 능선을 맴돌며
질문을 키워 왔을 뿐

비 내리는 사려니 숲길이 저문다
더욱 거칠어지는 바람
빗줄기에 실려 오는 어둠
좁아지는 길에서 나는 망설이다 멈춘다
낯익은 발걸음을 기다리던 차가운 눈길이
아쉬운 듯 물결치는 날개를 접는다

12월에

찬 눈이 서럽게 내리던 날
친구가 떠났다
눈 덮인 대지가 꽁꽁 얼어붙던 날
친구가 먼길을 떠났다
폭염이 처절하게 이글거릴 때
바람 멈춘 어둠 속에 갇혔던 친구
제 행은 무상이요
생 자는 필멸이라 하더라도
저며오는 가슴 어찌 할 수 없구나
여린 아이들이 눈에 밟혀
길 못 떠나고 사위어 가면서도
남겨진 이들에게 슬픈 침묵으로
눈물을 전해 주던 친구여
자등을 밝히고 길 떠나시게
맵찬 바람 몰아치는 설산을 넘어
칼산 육 년 고행 이제 끝내고
연꽃구름 아롱이는 저 언덕을 향하여
어서 어서 길 떠나시게

트로트

단풍이 곱게 물들어 가는 날
용평 가는 길
차 안에서 울리는 트로트
국악 소녀가 부르는 트로트
뮤지컬 가수가 부르는 트로트
아이돌 싱어 출신이 부르는 트로트
드디어 평정했노라
대한민국 트로트 만세
늙어 버린 꿈을 움켜쥐고 우는 청춘들
세상이 왜 이래
왜 이렇게 힘든 거야
이번엔 노인이 부르는 트로트
씁쓸한 마음으로 창밖을 본다
푸른 강물 위에서
여유롭게 노니는 어린 물새들
울긋불긋 자태를 뽐내는 단풍나무
홍천강을 적시는 은빛 갈대숲
눈부시게 아름답다

사라져 버린 익숙한 것들

입가의 다정한 미소
포근한 숨결 기침소리
햇살 가득한 거리
시냇물처럼 흐르던 노래
부산한 공양간
모락모락 피어오르던 환희
공원 벤치에 모여 앉은
낡은 장기판 바둑판
Dream Come True
설렘과 낭만
코로나가 없던 세상
다시 돌아갈 수 있을까

숭엄한 음악이 멈춘 세상
푸른 꿈이 죽어 가는 세상
병든 안개가 뒤덮은 세상

3

무상(無常) :
화장장엄(華藏莊嚴)

푸름이

십칠 년을 같이 살다가 떠난 지 일년
엽서를 썼다.

고마웠다!
잘 지내니?
또 만나자.

등

갈라지는 죽비 소리
구도의 정적이 흐르는 도량
가슴속 웅크린 티끌을 내뱉고
고요히 눈을 뜨자
작은 봉우리들 눈앞에 펼쳐진다

보드라운 흙에 덮인 봉우리들 틈으로
울퉁불퉁 바위투성이 봉우리들
깊은 상처로 얼룩진 봉우리들
힘겨운 호흡이 이어진다
축이 무너진 삶이 우러나올 것 같다

비바람 칠 땐 바람벽을 삼고
평생 충실한 일꾼으로 부렸지만
대접 한번 제대로
해준 적이 없다

높이 서 있는 머리

귀족처럼 거만을 부려도
네가 무너지면
사람도 금수와 같아질 텐데

풍진 세월 견디는 너
나무처럼 굳어져 오그라들면
몸 바꾸러 가는 먼 중생 길
나룻배가 되려나

부당한 외면 삭이며
속절없이 야위어 간다
인욕의 계향 태우며
하염없이 가벼워진다

연꽃

어둠이 지나간 연못
외줄기로 빛을 지킨 혜화
백옥처럼 청정하게
수정처럼 영롱하게
눈부시게 다가오는
참다이 고운 님의 미소

고해의 중생을 건지시는
오탁한 고행의 길
뭇 생명의 터전을
고요히 맑히는 정향
정토를 이룰 때까지
멈춤이 없는 님의 향기

꽃잎도 열매도 뿌리마저도
위없이 자비로워라
사바 무명의 질곡
상처를 보듬어 주고

허기를 채워 주는

가없이 넓은 님의 가슴

무

망각의 구름이 걷히자 무거운 삶이 밀려든다
밤새 삭이지 못한 갈망으로 뒤틀리는 위장

아내는 투덜거려도 따끈한 뭇국을 내온다
입안에서 부드럽게 부서지는 담담한 맛

내가 무를 좋아하기 시작한 때와
내 얼굴이 주름진 때가 비슷할 것이다

토막 난 살점들을 보글보글 안고
너는 네 빛깔로 살아가지 못하는구나

터질 듯한 사랑으로 실뿌리도 내주는 몸
삼라만상 고단한 생명들 포만하여라

머리칼마저 처마 밑에서 햇살을 여의고
바람결에 젊은 시절을 다 보내고 나면

푸른 이끼 뛰놀던 마당 넓은 고향집

무 빛을 닮아 가던 할머니의 얼굴

축서사

봉화군 물야면에 들어서자
눈앞에 청산이 성큼 다가선다
차창을 때리는 돌배나무 살구나무
버스는 급하게 속도를 줄인다
들녘엔 감자꽃 수줍게 피어 있고
단풍잎 물든 사과를 꿈꾸는
하얀 꽃 송이송이 산자락에 물결친다
말간 물이 담긴 빈 논에는
앞산이 푸근히 앉아 있고
가슴이 얇은 물벌레들이
큰 산을 번적번적 넘나든다

문수보살 머무는 적멸보궁
굳건한 금강송으로 화현한
성중들은 보궁을 수호하고
독수리의 지혜를 발원하는
사시기도 염불 소리
은은하게 성전을 맴돈다

반야를 향한 사리보탑의 염원은
시리도록 날카롭고
천 년 세월을 지켜 온 고독한 석등
그 아래 소백의 산맥이 여여(如如)히 흐른다
먼길 왔다고 반가워하는
목이 굽은 노스님의 법문은
끝없이 길어지고

따가운 햇살에 부딪치는 범종 소리
바라보며 길을 오른다
자유롭고 고요한 마음을 찾았는가
이팝나무 촉촉한 향기가
메마른 가슴들을 적시는
좁은 길 위에
눈 부릅뜬 노스님의 차가운 법문
울린다
수행하라 또 수행하라

도산자최절(刀山自摧折)

봉천동 고갯길을 오르는데
급하게 뛰어드는 오토바이
가쁜 숨을 몰아쉬며
황급히 고개를 오른다
야윈 바퀴 뒷모습이 눈에 박힌다
내 발목만큼이나 가는 외줄을 타고
묵중한 짐을 진 채
언덕을 오르는 모습이 위태롭다

멈출 수 없는 메마른 삶
맨살을 지키는 건 바람
시간은 언제나 냉혹한 빚쟁이였지
사각(死角)의 침입자라고 모두들
경계하여도 너는 오늘도
한길 벗어나면 까마득한 절벽
눌린 바퀴로 힘겹게 오른다
네가 위태로울수록
더 밝아지는 웃음이 있다고

부릉부릉 외치면서

도산첨봉 가파르게 오른다

거룩한 밥상

비 온 날 아침 보라매 공원
성급히 영근 감 하나
연못가에 떨어져 있다
낙하의 충격으로 적당히 으깨지고
터진 몸에서 나온 진액이
동그랗게 고여 있다
날카로운 눈매의 산새들이
먼저 보고 쪼아먹자
허기진 들양이가 입맛을 다신다
연잎에 숨었던 날것들이 모여들어
한 판 큰 잔치를 벌이고
진액을 핥고 원기를 찾은 개미들은
조각 살점들을 이고 어디론가 간다
포도를 가로지르는 장엄한 행렬
순간 마파람 한 줄기가
남겨진 공양을 연못에 담는다

목련

사월이 오고
목련이 핀다
풍설이 지나간 마른 가지 사이로
연등처럼 몽실몽실 핀다
원시의 꽃빛은 흰색이었다 한다
단아한 목련같이
개나리 진달래 동산을 바라보는
왠지 쓸쓸해 보이는 모습
먼길 떠나기 전 어머니의
창백한 낯빛 같다
그래서 오래 바라보면
눈물이 맺힌다
푸른 잎새 기다리지 않고
서둘러 지는 자모(慈母)꽃
온유한 향기
빈 가슴을 적시면
서럽게 밀려드는
아픈 기억들

사월이 가고
목련이 진다

스친다

밤새
포근히 내리는 단비가
메마른 대지를 스친다

화창해진 하늘
무더위를 식힌 산들바람이
막 열리는 나팔꽃잎을 스친다

맑게 씻겨진 영혼들의
곱게 빗겨진 사연들
인연의 향기가
나팔소리 구성진 풍경을 스친다

빛바랜 길에 새겨지는
또 하나의 발자국
외로운 여백에 스친다

기억의 사슬

눈을 감으면 다가오는 기억들
탁한 안개의 배경 속에
떠나지 못하는 항구
길을 잃은 설원
언제나 지키지 못하는 약속
등대는 켜지지 않고
밤은 깊어만 간다
마음이 멸해야
진실한 참회가 찾아온다는데
사슬은 더욱 견고해지고
변하지 않는 기억의 중력
남은 여정
외롭고 추우면
오고 가는 길이 지워질까
마른 풀을 불태우듯
흔적조차 없어질까
기억의 저편
아득히 멀어지는
고요한 시선

법당 가는 길

오랜만에 가는 법당 길
도심 보라매 공원
작은 숲속에 자리한
보라매 법당

신대방역을 지나
도림천변 길을 지나
징검다리 건너간다
십수 년을 걸어온 길이
갑자기 낯설다
이 길이 이리도 멀었던가

연못가엔 옷을 벗은 버드나무
잎 진 관목 가지 사이를
무심히 지나는 겨울 바람
주름진 바퀴들의
힘찬 행렬이 애틋하다

반야의 물결은 변함없이
오늘도 흐르고
그 길가엔 꽃들이
무심히 피고 진다
떠나도 머물러도 닿지 않는 길

산문에 들자
울려오는 도반들의 간절한 독송
심멸을 염원하는
무거운 어깨들이 흔들리고
그 위로 내리는 연등 불빛
언제나
따뜻하게 빛나고 있었다

거조암

조사가 머무는 암자
영축산 언덕 여래의 법문
세상이 불타고 있다
마음이 불타고 있다
불을 켜도 어두운 숲
계곡을 건너온 오백 나한
신비한 눈빛
웃음소리
간절한 바람도
함께 머물고 있다
은빛 바다가 넘실대고
사철 풀꽃이 피는 언덕에서
나를 닮은 얼굴을 찾는다

화장장엄(華藏莊嚴)

우리 동네 골목시장 과일 좌판

사과 감 귤 바나나 모과 …

울긋불긋 모여 있는 화장장엄

내가 아침에 출근할 땐 아들이 사장

저녁에 퇴근할 땐 아버지가 직원

때때로 며느리와 어머니는 아르바이트

며느리가 일할 땐 꼬마도 함께

세 평 남짓 골목시장 과일 좌판

가족의 소중한 직장

가족의 자랑스런 사업장 365 코너

늦은 귀갓길

아내의 골다공증에 좋다는

석류를 산다

한 개에 팔천 원

좀 비싸지만 그냥 산다

카드를 꺼냈다가 저냥 현금으로 산다

4

제주 :
세상을 살아가는 힘

제주에서 1

- 성산 일출봉 -

세월의 빛깔이 은빛으로 물들어 갈 때
다시 찾은 제주
비바람에 젖은 이십오 년
되짚어가던 길이 지워졌다
간밤 용두암 밤안개가 짙게 피어올랐단다
초록이 반짝거리는 국도엔 추억이 스며들고
기억의 전령 따라 성산포로 향한다
길은 여전히 푸르고 견고하다
쪽빛 하늘 넓은 초원
구멍 숭숭 뚫린 현무 돌담 사이로
옹기종기 모여 앉은 노랑 조각 밭
발걸음 가는 곳마다 청향이 흐른다
유유히 걷는 것만으로도
상처가 치유되는 듯
유채꽃 송이처럼 가볍다

성산 바다 길목
태양을 영접하는 장엄한

일출봉은 변함이 없었다

나는 풀 꽃 나무 바위 바다를 세심하게

바라보며 안아 보며 천천히 오른다

불타는 번뇌 다 토해 내고

나그네의 깊은 상처를 담느라

해탈한 너의 가슴은 언제나 열려 있구나

고독한 마음은 우도를 오가는

철새 구름에 보내고

유구한 세월 파도의 채찍을 견디며

날카롭게 솟아오른 선정

태양의 숨결 온몸에 두르고

누굴 그리며 저리 합장하고 있는지

바다와 화산과 하늘이 빚어낸 정토

무명도 없고

무명이 다함도 없이

너는 이와 같이 머무는구나

제주에서 2

- 천지연 폭포 -

오랜 세월이 지났습니다
참 하늘의 빛깔
땅의 속살 그리워
여기 다시 왔습니다

햇살 눈부시도록 수직하지도 않고
천둥같이 우렁차지도 못하고
남을 위하여 부서져 보지 못한
구부러진 삶이
당신 앞에 섰습니다

산유자 익어 가는 숲길
송엽란 꿈꾸는 계곡을 건너와
한라의 뇌성으로 부서져서
무량한 생명의 숨결을 보듬는
당신의 품에 안기려
천지연에 흐린 눈 담고 섰습니다

제주에서 3

- 한라산 -

은실 해무로 얼굴을 가리고
바람과 구름을 거느리며
옥빛 하늘 담고 사는 당신을
내가 한라산이라 부를 수 있습니까

구상 편백 수놓은 조리대 옷을 입고
만상 가슴을 품에 안고 보듬으며
녹담만설로 분노를 삭이는 당신을
내가 한라산이라 부를 수 있습니까

어스름이 밀려오면 실안개 헤치고
다가오는 갈까마귀 전령 소리
서늘한 목소리로 침묵을 알리는 당신을
내가 한라산이라 부를 수 있습니까

치심을 조복시키고 돌아가는 길
장엄한 모습으로 내려다보며
어둠을 막고 서 있는 커다란 당신에게
누가 한라산이란 이름을 줄 수 있습니까

제주에서 4

- 사라오름 -

사라오름을 오른다
십육 년 잠들어 있던 산정호수
그리며 성판악길로 접어든다
솔비나무 서어나무 우거진
아늑한 푸른 터널
이른 손님 반가운 휘파람새
넘나드는 맑은 해송
굽이 길을 감싼 삼나무
녹향에 취해 발걸음 아득해질 때
천상의 정원 사라오름이 다가선다
백록담을 향하는 나약한 생명들을
아우르는 자애한 여인의 이름인가
한라의 동편 성산 하늘을 그리며
천상의 호수를 품고 있다
영롱한 청광이 담긴
적멸이 흐르는 선경
산수국 물봉선 지니고
청노루 보듬는 숨결 따라

안개비가 흐른다
꿈결 같은 천상에도 눈물은 머무는가
햇살에 부서지는 이슬 구름
정결한 거울이여
고요한 순례자여
사라여

제주에서 5

- 산방산 -

홀로 남은 용머리 슬프게 바라본다
대양의 숨결이 깃든 청옥이어라
한때는 이글거리는 불덩이였지
기나긴 무명의 심연을 맴돌다
마침내 때가 이르러
아득한 바다를 가르고 나왔더라
언젠가는 반야에 도달하리라
추상 같은 발원으로
구름과 바람을 벗삼고 견딘
무량한 세월
추호의 부스러짐도 허락지 않고
금강처럼 견고하였더라
길 잃은 이슬과 산새를 품고
푸르게 푸르게 깊어 갔더라

모슬포 가는 먼길
다가갈 수 없는 길 위로
너울 타고 멀어지는 치자꽃 구름

예토에 머물리라 굳건한 서원은
끝이 없어라
노을에 잠긴 산방산의 선정은
높아만 간다

제주에서 6

- 비자림 -

제주시 구좌읍 평대리 산31번지에
천 년의 숲 비자림이 있습니다
천 년 하늘 새록새록 물들어 언제나
푸르른 비자나무가 가득 있습니다
공룡시대 만화영화에 나옴직한
푸른 요정 같은 비자나무가 손짓하는
숲길을 걸어 보세요
온몸을 감싼 콩짜개 덩굴잎이 초롱초롱
철부지 미소를 보내고
일엽초 새우난도 가지에서 줄기에서
푸른 안개를 피운답니다
숲길이 깊어지면
비자숲을 지키는 삼광조가
낯선 이의 출현을 경계하며
시조목에게 청아한 신호를 보내지요
천 년을 살았다는 시조목을 보시면
바위를 움켜쥔 낡은 뿌리에 다가가
꼭 물어보세요

천 년 전의 천둥소리 바람소리
지금도 기억하는지
옆길에 수줍게 서 있는
늙은 연리목을 만나거든
긴 세월 맑게 익어 가는 깊은 사랑을
가슴에 담아 가세요
생멸의 무게를 이고
아득한 전설을 지키는 비자림
푸른 축복 속으로 잠겨 드세요

제주에서 7

- 노꼬메오름 -

하늘에 닿은 눈
햇살과 바람으로 빚은
당신의 눈망울이 영롱하다

청솔에 안긴 눈
파랗게 물들어 가는 기쁨
당신의 미소가 천진하다

내 몸을 적시는 눈
오래된 상처를 보듬는
당신의 손길이 포근하다

길 위에 고이는 발자국들
눈먼 이의 소란을 경책하는
당신의 차가운 목소리에
등줄기가 시리다

제주에서 8

- 영실(靈室) -

옥양목 하늘엔
은실 반야선
백록담 부악을 맴도는
존자의 선정
노을빛으로 물드는 선작지왓
한라를 적시는 노루샘
구상 백골 반짝이네
황금 노루 풀을 뜯네
은은히 흐르는
생멸의 향기

我皆令入無餘涅槃
實無衆生得滅度者

혜등이 켜진다

새벽길

꽃댕강 향기 솔솔 흐르는 새벽
돌담에 쌓인 나물콩잎은
노랗게 물들어 가고
가파른 밭둑엔
가쁜 숨 몰아쉬는
검푸른 고구마 잎새
밭고랑 굽이 길
무상의 길
붉은 황톳길을
오늘은 가을 양배추가 걷는다
내 발걸음을 기억하는
노견의 흐느낌
어둠이 고여 있는
산 움막에서 울려오자
담팔수 가지에서 선잠 깬
동박새 파닥거리며
곶자왈로 향한다
해무를 물들이며 고개 드는 여명

수평선 살금살금 출렁일 때
이때구나 외치는 수탉의 함성

세상을 살아가는 힘

햇살이 눈부신 중산길
적설 녹는 소리에
복수초 노란 눈망울 껌벅이면
풍혈에 머물던 다정한 바람
홍매화 살랑살랑 만개를 부추기고
용암석 양지 녘에 모여 사는
백서향 하얀 숨결 따라
천리동산 꿈에 젖는다
혹독한 겨울앓이에도
초록을 잃지 않는
섬고사리 우거진 눈밭 연못
어리연잎 아래 산란한 개구리
목청 높이는 소리에 질세라
마른 줄기 두드리는
딱따구리의 견고한 가족 사랑

하늘 바람 구름 빛의 교향곡
울려 퍼진다

신록을 기다리는 생명들의 합창

물결쳐 온다

가을 바다

아득한 나를 찾아 떠나가는 길
별이 잠들어 있는 창공은
너무 멀어 다가갈 수 없지
여명과 석양을 지닌 태양은
너무 밝아 바라볼 수 없지
그러나 바다가 있어
나는 볼 수 있네
이른 아침
감귤 빛으로 물들어 가는 수평선
멈출 수 없는 바람과 파도의 동행
바다가 있어 나는 아네
생명이 담긴 넓고 깊은 진공(眞空)
바다가 있어 나는 보네
가을 바다에서

제주의 밤

명주 빛으로 익어 가는 감귤
야자수 그늘 아래
잠든 종려나무

검푸른 하늘엔
목화 구름 배
가없는 항해

포근한 금별
사려 깊은 만월
그윽이 미소 짓네

한란을 보듬는 산국바람
아련히 울려오는
푸르게 붉게 깊어 가는 밤

5

성찰 :
메시지를 지운다

꺼지지 않는 불꽃

불꽃이 피었다 꺼지지 않는
아니다
불꽃을 만났다
푸르고 차갑고 정겨운 친구
언제나 내 곁에 머무는
투명한 거울
그는 결코 서둘지 않고
외면하지 않고
모든 것을 기록한다
험상궂은 바람에겐
부드러운 미소
상처 입은 기억에겐
향기로운 숨결
아름답고 고독한 여행
힘겹게 오르던 언덕들
마침내 다가올
검은 강을 건널 땐
어둠을 꿰뚫는 눈빛

이 강 건너
또다시 찾아야 할 눈부신 날개

우이령 둘레길

우이령 둘레길을 걷는다
이 길은 정상으로 가는 길이 아니다
직로가 막히면 순환로를 내듯
사람들은 산변에서 둘레길을 찾았다
생멸이 꿈결처럼 흐르는 길
우리들은 끊임없이 길을 찾고
그 길에서 만남을 이루지만
끊어진 길 눈물 다리 건너며 절망한다

우이령 둘레길을 걷는다
이 길은 벼랑으로 가는 길이 아니다
봄이 이미 저만치 앞서가 있고
때묻은 잔설이 나를 따라 걷는다
언제나 늠름한 병풍 소나무
복사나무 생강나무 발걸음 여유롭구나
긴 어둠 뚫고 고개 내민 풀 꽃
너의 길엔 실비 내리고 나비 춤추리
아득한 청천 그 맑은 고독을 감싸는

눈부신 태양 청청한 바람
자비의 길이 생명을 지킨다
무량한 생명의 화음 산길에 울린다

우이령 둘레길을 걷는다

지친 바람이 머무는 곳에

바람의 눈길이 닿은 정거장
또 하나의 역을 지나왔다
잎새 못 버린 마른 가지가
거리에서 차갑게 흔들거리고
도림천 고가철도
거친 시멘트 계단 곁엔
어깨를 마주한 징검돌길
얼어붙은 적막 속을
흐르는 물길은 푸른빛일까
다가가도 언제나 그 자리
그러나 멈출 수 없는
바람의 긴 울음이 머무는 곳에
포근하게 내리는 하얀 꽃송이

나무

푸른 바람이 피부에 스며들면
고독했던 시간 닫혀진 마음
어느덧 슬금슬금 풀어지고
가슴속에 간직한 오래된 다짐
푸른 꿈 되어 온 세상에 흐드러진다

푸른 물결에 뛰어든 지친 산새에게
잎새에 담아 둔 이슬 내어 주는 너는
신이 가장 선했을 때 빚은 유정(有情)
너의 향기로운 숨결 머금으며
정화된 생명은 제 길을 찾는다

폭풍이 일고 눈보라 치는 빈 들 지키며
홀로 봄을 기다리는 거룩한 삶
늙을수록 기품도 깊어지고
마지막 순간까지 의연한 모습
깊어 가는 침묵이 심안을 밝힌다

메시지를 지운다

며칠 전 거동이 불편한 친지를 위문차
영생요양병원에 갔다.
생각했던 것보다 열악한 환경에서
북쪽의 말투를 사용하는 보살들의
투박한 간병을 받으며
많은 사람들이 다양한 모습으로
요양을 하고 있었다
뇌졸중으로 쓰러졌다는 젊은 부인은
얼굴만 멀쩡한 상태로 누군가를 향해
연신 중얼거리고
팔을 올려놓고 자신이 미는
운동구엔 불편한 노인들이 매달려
좁은 복도를 쉼 없이 거닐고 있었다
빛바랜 영혼이 담긴 것 같은
창백한 눈동자의 영생요양병원 사람들
그들은 모두 이곳에 머문 지 꽤 오래된 것 같았다
그들은 모두 자신이 이곳에 머물 줄 알았을까

나는 잠시 머물다가 좀 지루해서 자리를 떴다
이동하는 노인들을 피해 조심스럽게
복도를 지나 한쪽 귀퉁이에서 휴대폰을 꺼냈다
언제부턴가 하루 중 여백이 생기면
나는 습관적으로 휴대폰을 꺼내서 그동안
접수된 부질없는 메시지들
원치 않게 수신된 전화번호들
그것들을 열심히 지웠다
때를 놓쳐 너무 오래 지우지 않으면
시간이 모자라서 미처 다 못 지울까 봐
오래 머물던 메시지가 깊이 뿌리를 내려
자기가 주인이라며 자리를 차지할까 봐
돌아갈 길을 기억하며
밤길을 걷는 나그네의 마음으로
나는 오늘도 열심히 메시지를 지운다

길

어스름이 어둠으로 잠기는 저녁
조용히 내 눈동자를 본다
그곳에도 길이 있었다
먹빛 구름으로 흐려진
쓸쓸한 길이다
눈물이 흐르던 굵은 핏줄기
강물처럼 구불구불 이어지고
여기저기 흩어진 사선들은
길을 잃은 흔적을 보여 주듯
선연하게 새겨져 있다
눈동자를 굴리자
드러나는 얼룩진 멍울들
부끄러운 행로가 서글프다
갈대의 열매가 익어 가는 저녁
조용히 내 눈동자를 본다

자리

폭설이 지나간 명동
노점상 리어카 자리에
얼어 가는 눈이 쌓여 있다

비좁은 명동 거리
쌓인 눈이 머물 곳은
기울어진 벼랑밖에 없다

고귀한 하늘의 깊은 뜻
작은 사람 사는 자리
바꾸는 것이었나

옛날에 중랑천 큰물 들 때도
낮은 사람 사는 자리
강물에 잠겼었다

죽은 물고기는 물결 따라 흐른다

하늘엔 듬성듬성 구름조각
한가로이 떠 있고
따가운 햇살과 눈싸움하는
연초록 풀빛 꽃빛 사이로
실개천이 얼굴을 내민다

날카로운 가을 햇살
부서지는 청계천
넥타이 물결치고
갯버들 물억새 춤추는
징검다리 은빛 그물 속
수많은 생명들의
쉼 없는 행로

한결같이 물살을 거슬러 오른다
비록 힘이 부쳐 뒤집힐지라도
물결 따라 흐르진 않는다
살아 있는 물고기는 흐르는 물에
몸을 맡기지 않는다

문병

허물어진 강둑 녹은 물이 스며들듯
축축한 목소리가 나를 찾아왔다
성내역으로 향하는 순환열차
차창을 뚫고 쏟아지는 햇살이 주름진 얼굴을 감싼다
쿨럭이는 열차의 진동에 몸을 맡기고 눈을 감는다
어린 시절부터 함께 달려온 쓰린 기억 속에서
그의 화사한 얼굴이 보이지 않는다
고단한 세월에 저항하며 다친 상처의 통증을
다만 연기로 날려 버렸을 것이다

실먼지 날리는 성내천변
구름다리 건너 하얀 병실에 들어선다
웅크려진 사촌형의 얼굴이 땅 빛이다
쪼그라진 형수는 과일을 깎으며 중얼거린다
번갈아가며 지피는 절망과 희망이
나의 밝은 얼굴에서 흩어진다
동생 아직도 담배 피는가
돌아서는 등 뒤로 갈라진 목소리가

내 목에 감긴다

실먼지 날리는 성내천변
출렁이는 구름다리 건넌다
죽은 풀잎 틈새로 푸른 싹이 돋아나고
좁은 구름다리 발목을 떠도는 샛강엔
빗줄기를 기다리는 사생(四生)의 몸짓
미혹의 길 끝이 너무 가깝다

조문

사람들은 호상이라 말하지만
애통하지 않은 죽음은 없다
애증의 추억은 길어도
이별의 순간은 한겨울 온기처럼 짧다
거센 바람에 힘겹게 흔들리는 가지들
짙은 구름 사이로 내리는 햇살에
서럽게 안기는 낙엽들
그 햇살에 떠날 이의 웃음과 고통을 묻고
잿빛으로 이어진 긴 구름 속엔
나의 슬픔을 담는다
명계로 향하는 길목마다 올리는 술잔
애잔하게 향을 피우고
먼길 밝힐 등불을 단다
망자를 부르는 새벽 종소리에
상심은 더욱 깊어지고
절망으로 절뚝거리며
산 자는 상여에 오른다
잠긴 눈 속에서 또렷해지는 기억

눈을 뜨면 밀려드는 칼날
각자의 약속을 보태며
흐느끼는 가슴을 싣고
버스는 비탈길을 출렁거리며 달린다

경장(更張)

가던 길을 멈추고 발걸음을 돌린다
오랫동안 걸어서 잊혀진 귀로
아쉬움은 있었지만 후회는 크게 없네
되돌아간들 달라질 것이 있었을까

나 이제 흐린 눈을 추스르고
얼룩진 독심을 씻어 내며
가난한 오솔길을 걸어간다
흙내음이 포근하게 울려오고
햇살이 구석구석 스며드는 길
그래서 빛과 온기가
풀숲을 아늑하게 적시는 길
그 길을 갈 땐
낙과도 세심하게 보듬어 주고
조급하게 서둘지 않으며
두려워하지도 않으리
꾸불꾸불 낙엽 우거진 길목에
낡은 그림자 벗어던지고

안개 짙은 여울이 맑아질 때
고운 꿈을 꾸며 깊이 잠들리

카르페 디엠

카르페 디엠이란 말
현재에 충실하라
지금을 즐겨라
사람들은 말한다
그런 줄만 알았다

Carpe Diem
거울의 창이 흐려져서
허공의 그물에 갇혀서
시간을 놓치며 살다 보니
그 뜻이 새롭게 다가왔다

새벽의 날개를
보지 못하고
저녁의 온기를
느끼지 못하고
신기루 속에서 살다 보니

Carpe Diem
시간을 잡아라
Memento Mori
죽음을 기억하라
기함을 깨우는 채찍이었다

6

치유 :
상처에 피는 꽃

슬픈 꿈

지난밤 슬픈 꿈을 꾸었다
내 가슴속 심연을
다녀온 것이다
슬픔이 가득 고여 있는
모처럼 깊은 잠을 이룰 때
힘겹게 이르는 곳
그곳에서 나는
뒤돌아 앉은 슬픔에게
무거운 발걸음으로 다가가
아이처럼 소리 내어 울기도 하고
두 손을 두 눈을 마주하다가
와락 꺼안기도 하고
희미해져 가는 모습을 찾아
안개 속을 헤매기도 한다
아련한 듯 아쉬운 듯
미망(未忘)의 문을 나오면
왠지 맑아진 마음
왠지 가벼워진 무게

마치 잘못을 빌고
용서를 받은 사람처럼
나는 죽고 눈을 떴다
슬픔이 가득 고여 있는
눈물의 궁전
지난밤 또 하나의 슬픔을 채웠다

마음

세진보살이 다녀간 수요일 저녁은
온 방안이 환하다
곱게 빗겨진 적막 속에 스민
온기의 여운도 정갈히 앉아 있다
비눗물로 얼룩졌던 세면대 거울이
말갛게 닦여 있고
일주일간 쌓여 시름을 키우던
식기들이 말끔히 설거지 되어 있다
저녁을 먹고
차오르는 달빛에 이끌려 길을 나선다
고독은 자등(自燈)을 밝히는 침묵의 공간일까
적멸만을 남기고 비우고 또 비워서
검푸르게 물들어 가는 궁창이 아련하다
향기로운 어둠을 밝히는 하얀 동백꽃송이
야위어 가는 어깨에 내리는 별빛
노을을 보듬던 갈바람 한줄기가
눈동자를 친다
일생 동안 제대로 찾아보지 못했던 마음
오늘밤엔 꿈결에서라도 만나 보고 싶다

상처에 피는 꽃

상처 입은 나무들의 소리 없는 함성
개나리 민들레는 노오란 목소리로 속살대고
살구나무 벚나무는 연분홍 미소로 살랑이고
찔레 앵두는 새하얀 입술로 샐쭉이고
수런대는 묵언의 향연

칼로 베인 상처 혀로 베인 상처에서
푸른 이슬이 솟는다
마른 가슴에 깊숙이 박혀
울고 있는 상처에서
꽃망울이 송이송이 맺힌다
갈바람에 잎이 질 때
마알간 열매가 익으면
추운 날 지친 새들의 양식이 될까
상처 입은 가지마다 꽃송이가 화사한
용서받고 싶은 푸르른 봄날

백령도

백학의 전설이 깃든 백령도에는
언제나 곡망의 흔적이 있다
해변 길마다 해당화 꽃 진 자리
때감이 그리움을 붉게 물들이고 있다
짭조름한 해무가 키운 싸주아리 하수오가
지뢰가 묻힌 산야에서 무심히 산다
효심 깊은 심청이 몸을 던진 인당수
연봉바위에 사는 농어들은 천수를 누린다
콩돌 해변의 백색 갈색 청색… 콩돌들이
파도의 연주에 맞춰
색색의 화음을 내고 있다
검푸른 바닷속에 잠들어 있는
46 용사들의 핏빛 눈물이
꺼질 수 없는 불꽃이 되어 아프게 피어 있다
까나리가 익어 가고 다시마가 햇살을 마시는
해변가 깊어 가는 바닷물에 손을 담갔다
가마우지 장수들이 두무진에 모여 앉아
다가오는 유람선을 험상궂게 지켜보고

선대바위가에선 외로운 물범이

숨을 몰아쉬며 손짓을 한다

분단 실향 아득한 세월

한눈에 담기는 장산곶 뱃길이 너무나 멀다

그림자를 남겨 둔 백령도가

노을 날개 펄럭이며 나를 따라온다

소풍 삼아

35년 만에 TV에 출연했다는 어느 가수
질풍노도의 시절
날개가 다친 청춘을 달래 주던
그녀의 청아한 목소리
무성했던 푸른 잎들은 사라지고
마른 가지들이 힘겹게 부딪치고 있다
세월아
너를 너무 비겁하게 보냈구나
어두운 방 안에서 숨죽이며 들었던
도시의 벽 틈에서 사선으로 보았던
맑은 바람소리 빗소리 아침 햇살
진주 되어 돌아왔던가
먼길 떠난 상처들
이제 가을이 오면
국화 향기 그윽한 가을이 오면
창문을 활짝 열고
고요하게 지켜온 작은 불빛들이
어깨동무하고 황금빛으로 물들어 가는
유정한 강물을 바라보리라

친구의 재혼

대전 목동 수녀원 성당
신부님의 차분한 눈빛이
다소곳이 앉아 있는
부부에게 머물며
엄숙하게 진행되는 예식
경건한 기도
간절한 찬송
이어지는 신부님의 강론
오 년이 지나면 서로에게 적응할 것이란 말
나는 믿지 않습니다
두 주머니 한 주머니 될 때
무촌에서 동촌이 됩니다
비로소 한 몸이 되는 것이지요
친구의 두려운 얼굴을 보듬는 첼로의 손길
신부의 설렘을 반기는 바이올린의 눈길
간간이 정적 위를 걷는
피아노의 화창한 발걸음
하염없이 흐른다

눈물 방울 방울
신부의 두 뺨 위에

생일 편지

생일 축하해요
매년 오는 생일인데 세월의 무게가 더 다가오죠
60이라는 숫자의 무게와 함께
항상 가족을 위하여 헌신하는 당신
착하고 진실하고 정 많은 당신
살갑지 못해 감사의 표현을 잘 못하지만
항상 고마운 마음을 간직하고 있습니다
따뜻하고 포근한 그늘이 있다는 것
어두운 길가에 등불이 있다는 것
이보다 더한 행복은 없다는 것을
요즘 더 많이 느낍니다
그러나
세상의 일이 날로 혼란스러워
우리들의 의견이 달라 서먹한 때도 있고
당신의 다른 의견을 받아 주지 않을 때도 있지요
섭섭해 하지 마세요
그것도 애정과 관심의 다른 얼굴이라 생각해요
아이들은 좀 더 나은 세상에서 살아가기를

바라는 마음은 같으니까요

항상 행복하고 건강하길 바라며

다시 한 번 생일 축하해요

I promise you that I will always be the one to you

막내 고모

수원 영통 녹음 진 아파트 1층
치매 4기 막내 고모가
신묘한 미소를 짓는다
나를 바라보는 반가운 눈빛 표정
그러나
다른 사람의 이름
치매교육을 열심히 받고 있는
반백의 여동생이
허탈한 미소를 짓는다
비좁은 식탁에 옹기종기 앉아
급하게 삶은 국수를 먹으며
주름진 세월이 벌려 놓은
먼 거리에
징검다리 하나 둘 놓는다
센터 선생님 말씀 잘 들어요
경옥이 속 많이 썩이지 말고
식사 잘하세요
희미해지는 불빛이

무지개 구름 속을
힘겹게 오르면서도
나를 놓지 않는다

임계점

먹구름이 일고 비바람이 밀려든다
흐려진 시야로 꿈틀꿈틀 다가오는
막막한 광야
그 사이 간간이
무지개가 아롱이지만
그 순간은 잠시
이번엔 싸늘한 눈보라가 몰아친다
내가 할 수 있는 일은
가면을 벗고
얼룩진 창을 닦으며
눈물의 문이 열리길 기다릴 뿐
어느 순간
먹구름이 엷어지고
사나운 바람이 잠들 때
백조의 노래가 거친 가슴을
촉촉이 적셔 주기를 기다릴 뿐

피아노

감미롭게 출렁이는 부드러운 손길
어둠을 밀어내는 날카로운 눈길
삼독(三毒)을 부수는 차가운 함성

구름 틈새로 솟구치는 은빛 햇살
잠든 호수를 깨우는 맑은 이슬
이른 숲길을 적시는 고운 안개

잠시 떠나간 시름이 머물던 자리
장미꽃 숨결 은은히 번져 오고
언제나 비어 있던 오래된 침묵에서
천둥소리 고요히 울릴 때
샘물처럼 다가오는 거룩한 미소

구산 해변에서

구산 바다 새벽
해국 향기 사늘하게 일렁이는
해변 길을 걷는다

해송의 어깨 위에서
아쉬운 눈짓을 보내며
기우는 보름달
능금빛으로 물들어 오는
광활한 수평선
가슴에 가득 담는다

최초의 백사장엔
새벽을 여는 갈매기의 발자국
지난밤 힘겨루기에 지친
바람과 파도
밤새 어둠에 맞섰던 등대는
솟구치는 햇살에 기대어
길 떠나는 아침의 함성을 듣는다

시베리아

창공에서 시베리아를 보았다
눈부신 태양 아래 초라한 구름들
간간이 짙푸른 그림자를
지상에 내려보낸다
대지는 온통 암청빛이다
태초 혼돈의 모습일까
여기저기 멍처럼 보이는 푸른 점들
자세히 보니 호수이다
바람이 조각했을 투박한 강줄기
커다랗게 원을 그리며 흐르고
사람이 조각했을 정교한 길들
빗줄기처럼 가늘게 늘어져 있다
광활한 지평선
젊은 길들이 만나는 역마다
점점이 찍혀 있는 둥지들
그 안엔 착한 풀벌레들이
모여 살 것 같다

딸 만나러 가는 길

혈혈단신으로 유학길 떠난 딸을 보러
수년 만에 먼길 떠났다
몇 달 전부터 아내는 커다란 가방 가득
딸이 필요할 것 같은 물건들을 챙기다가
더이상 들어가지 않자
이것저것 뺐다가 다시 채우며
여러 날 밤잠을 설쳤다
먼지 자욱한 중국의 도시들을 지나고
낮이 끝없이 이어지는
시베리아 들판을 지나고
웅크리고 앉아 서투른 식사를 하며
온몸이 한계에 다다를 무렵 도착한 낯선 땅
날카로운 눈빛으로 이리저리 살피는
입국심사관을 지나고
큰 키로 이방인을 내려보는
굽은 시선들을 지나고
소중한 짐을 찾아 여기저기 헤매다가
마침내 미로 같은 출구로 나오자

육중한 군중 사이를 뚫고
한눈에 잡히는 딸의 얼굴
눈시울이 붉어진 채로 서 있는 아이의 모습
이국의 삶 고단한 여정을
눈물이 조용히 말해 주고 있다
내 가슴을 찌르며 흐르는 핏줄기
뒤돌아보니 아내도 눈시울을 붉히고 있다

발문

이복규(서경대 명예교수, 경기도 문화재위원)

강석우 시인은 담백한 사람이다. 수도승 같다. 말수도 적고 웃음도 미소만 지을 뿐 파안대소하는 것을 본 일이 없다. 불교의 신심이 깊어 그런 건지, 이런 품성이라 불교를 믿는 건지는 잘 모르겠다. 어찌나 깍듯이 사는지, 내가 보내는 아침톡에 꼬박꼬박 같은 분량의 댓글을 단다. 빚지고는 못 사는 사람이다.

나와는 대학 선후배 사이다. 시간 강사 때 어설픈 내 첫 전공강의를 들은 불행한(?) 후배 가운데 하나다. 그럼에도 환진갑 넘긴 나이에, 사제동행 트레킹에 나를 불러내어, 행복을 누리게 하는 후배들이다. 그게 두고두고 미안하고 감사한 마음이라, 이 시집 발문을 쓰라는 요청을 받고 냉큼 수락했다. 미안함을 조금 덜 수 있다 싶어 그랬다. 시인도 아니면서!

원고를 받아 78편의 시를 찬찬히 읽어 가다 그만 울고 말았다. 유년의 기억 가운데 〈설렁탕〉이란 시가 나를 울렸다.

(전략)

편식이 심한 아이는 고기 냄새도 맡지 못했다

야위어 가는 아이를 지켜보던 아버지는

어렵게 곰국을 장만하여 아이에게 먹이곤 했다

비위가 약한 아이는 국물을 삼키지 못했고

토악질까지 하였다

슬픈 눈으로 바라보던 아버지는 한마디를 던졌다

곱상하게 생긴 애들도 음식은 걸지게 먹더구먼

꽉 움켜쥔 숟가락

목으로 차오르는 회한

비릿한 국물은 온몸으로 스며들고

눈가에 번지는 아픈 기억

이래저래 부모님 속만 썩인 아이가 있었다

왜 눈물이 흘렀을까? 나도 아버지 속을 썩인 자식이기 때문이었으리라. 어머니를 생각하는 〈입맛〉이란 시를 읽다가 또 울었다.

돌 틈 깊숙이 박힌 눈마저 녹던

어느 이른 봄날

간밤 꿈길 어지러워

큰맘 먹고 고향집에 갔다

어쩐 일이냐고 말소리를 높여도
어머니 주름진 얼굴엔 화색이 돈다

나가서 먹자 해도 손수 차려 오신 밥상
쑥국이 짜다
콩나물도 짜다
모처럼 준비하신 낙지무침도 짜다

어머니 왜 이리 짜게 먹어요
뭐가 짜냐며 이것저것 맛보는
숟가락 젓가락
두터운 안경 속 흐린 눈빛

평생을 혹사한 오감 이제 다 닳아
무뎌진 입맛으로 소금국을 드셨구나
(후략)

　이 경험도 우리 모두가 공감하는 사연이다. 어느 날
문득 달라진 어머니의 음식맛! 강 시인은 이 사태를 이
렇게 해석한다. "평생을 혹사한 오감 이제 다 닳아" 그런
거라고… 맞다! 우리를 위해 사랑으로 희생하신 흔적이
다. 시인을 키운 어머니의 그 내리사랑은 〈딸 만나러
가는 길〉에서 딸을 향한 내리사랑으로 이어진다. 인생

은 온통 사랑의 꽃밭임을 깨우치는 시편들이다.

유년, 풍경, 무상(無常), 제주, 성찰, 치유 등 모두 6가지 큰 주제를 따라 배열한 시편들을 다 읽고 드는 생각이 있다. 시인과 시의 일치! 모든 시집이 다 이런 것은 아니다. 시는 멋진데 시인은 그렇지 않아 갸우뚱하는 경우도 많다. 시처럼 살고, 사는 대로 시 쓰는 사람, 부럽다.

10년 동안에 쓴 184편 시 가운데 78편만 골라 이 시집을 엮었다고 한다. 동기 동창 백승국 선생이 시 본문을 꼼꼼히 살펴 주었으니 고마운 우정이다.

우리가 부추겨서 억지로 시인으로 등단한 강 시인의 첫 시집이다. 이왕에 버린 몸(?), 계속해서 이렇게 쉬우면서도 알맹이가 있는 시를 많이 썼으면 좋겠다. 두 번째 시집도 곧 나오기를 기대한다.

메시지를 지운다

초판 발행 2023년 4월 30일

저　　　자 • 강석우
발 행 인 • 한은희
편　　　집 • 조혜련

펴낸곳 • 책봄출판사
주　　소 • 경기도 고양시 덕양구 통일로 1276-8 (킹스빌타운 208동 301호)
　　　　　 서울 중구 새문안로 32 동양빌딩 5층 (디자인 사무실)
전　　화 • (010) 6353-0224
블로그 • https://blog.naver.com/anjh1123
이메일 • anjh1123@nate.com
등　　록 • 2019년 10월 7일 제2019-0000156호
ISBN 979-11-980493-2-2 03810